송화소금

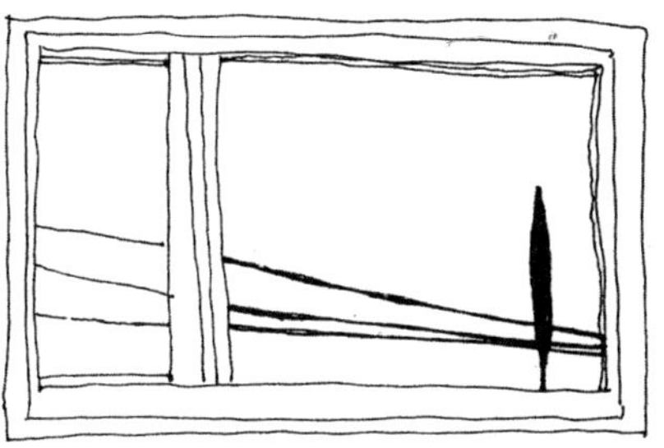

송화소금

글쓴이 / 강웅순
펴낸이 / 孫貞順
펴낸곳 / 모아드림

1판 1쇄 / 2010년 10월 30일

서울 서대문구 북아현3동 1-1278
전화 / 365-8111~2
팩시밀리 / 365-8110
E-mail / morebook@morebook.co.kr
http://www.morebook.co.kr
등록번호 / 제2-2264호(1996.10.24)

ⓒ강웅순
ISBN 978-89-5664-138-6

값 7,000원

모아드림 기획시선 127

송화소금

강웅순 시집

모아드림

■ 시인의 말

　　아파트의 작은 공원에 모과나무와 자작나무 몇 그루가 고향을 떠난 다정한 이웃처럼 살고 있다. 마땅한 산책로 하나 없는 공동주택 사람들이 더러 이 공원에 나와 뜨거운 여름의 태양을 품은 모과를 보며 하루의 고단한 외로움을 풀기도 한다. 풀벌레 울음소리는 늘어진 귀를 순하게 하고, 시고도 떫은 모과 빛은 탁한 눈을 맑게 만들어준다. 그윽한 밤에 빈자리에 앉아 여름을 곱게 완성하는 모과를 보며 은하수 냇물에 꽃을 띄우거나 말 없는 이웃에게 한 장의 짧은 편지를 쓰기도 한다. 우표 없는 가난한 삶에 작은 우표 하나를 구하기 위해 시장을 며칠 다녀왔다. 그새 어느 억센 바람이 모과나무를 흔들고 지나갔다. 이제 공원에는 모과도 없고 이웃도 보이지 않으며 수목이 마른 빈자리에 누런 곰팡이만 피기 시작했다.

2010년 가을
강웅순

차 례

1부

초여름

친정집 돌아온 고모처럼
담 넘은 오동꽃 분내음

허기진 식탁을 수놓은
채마밭 감자꽃 밥상보

혓바늘 깔깔한 입속에
유년이 얼룩진 가지꽃

놋대야 맑은 하늘에
흰 구름 붓꽃 샘물

소만小滿 1

작은 것이 넉넉해진다는 소만,
내 작은 꿈이 언제 여물까?

마당엔
살구꽃 떨어지고
붓꽃 두 자루
논가엔
볼록한 보리이삭과
까아만 깜부기,
씀바귀 하얗게 웃는
산마늘 언덕에
팟종이 누렇게 마르는
들판에
말후末候가 저문다

초록 바람에
은비늘 뒤채는

은사시나무
초여름 부치는
미루나무 경전!

소만小滿 2

밭두렁 종다리
발치의 피나물

앞동산 할미꽃
뒷동산 양지꽃

연둣빛 활엽수
바늘침 침엽수

웃자란 깜부기
여무는 호밀밭

망종芒種

망종의 산야엔 뻐꾸기 울음
그 사이로 오르는 망초

초록 매실 군침 도는
연보라 무꽃 사랑

산천의 버들붕어
청초한 산란

왜가리 개똥지빠귀
안개비 속울음

유월의 호밀짚
산들산들 산들바람

아! 까끌한
망종의 그리움

무궁화 백일

무궁화 백일쯤
피고 지고 피고 지고
삼각으로 집을 지은 참깨다발
엄니의 부지깽이 손끝에
여름이 하얗게 묻어나면
벼이삭 수수이삭 찾아온 참새들
더위처럼 새막에서 쫓겨난다
언덕을 내려오는 햇살
벌써 싱거워진 은빛 바람에
기운을 잃은 여름 매미들
숨을 늘리며 계절을 길게 울고
고추잠자리 꽁무니에 걸린
진홍빛 서천의 노을이
어두워지는 하늘을 등에 이고
왕방울로 입 벌리며 하품을 한다
고개를 든 연못 속의 연잎은
느리게 느리게 흔들리고

울타리 꼭대기 청둥호박은
시퍼런 배꼽만 내놓고 누워있는데
뒤뜰에 서 있는 무궁화 몇 그루
얼마쯤 더 피고 질까

배롱나무

마흔 셋의 처서와 백로에서
노을 낮으로 떨어지는 능소화
여름을 지우는 매미의 외마디
'긴 여름 짧은 여름'
은빛 마름새 투명한
여치와 베짱이의 선율
매끄러운 살결이 간지러운
자미화紫微花 배롱나무
가지 끝에 매달린 고깔은
무녀의 치마폭이 푸는 꽃차례

인생은 화무십일홍인데,
소화백일홍笑花百日紅은?

지렁이

1
비가 내린 날
탄천을 걸으면
자전거 전용 도로에
지렁이가 나와서 기어 다닌다
사람의 발길이나 자전거 바퀴에
밟혀 죽은 놈이 여럿이다
아쉽고 무거운 생명의 마음에
나무젓가락으로 하나씩 집어서
풀밭으로 조심히 옮겨주지만
벌써 말라죽은 놈도 여럿이다

2
탄천을 걸으며
지렁이가 운다는 말에
친구가 놀란 표정을 짓는다

전화로 아들에게 연락하여
인터넷으로 검색해보라고 말한다
지렁이 울음을 들어보지 못한
진짜 자연의 울음을 듣지 못한
컴퓨터처럼 정확한 의사 친구가
땅속까지 검색하는 동안
지렁이는 울음에서 노래로
물결처럼 건너간다

한로 寒露

귀뚜라미 시를 읽는
한로의 맑은 정적

이슬로 편지 쓰는
대추의 붉은 눈물

참새자리 초대받은
기러기의 날갯짓

흑점감잎 내려앉고
수유열매 붉어지는

새벽별 투명한
지상의 한로

시월의 하루

언덕에 구절초
바람의 외로움으로
흔들리는 가을 몸살

논가에 허수아비
숙연한 떨림으로
숙취한 벌건 얼굴

길가에 쑥부쟁이
가장자리 마르는
담백한 동체의 가벼움

개울가 송사리
고마리 꽃물결로
하얗게 숨쉬는 시월

겨울날

동천 푸른 밤
맨발의 초승달

여름날 발자국
얼어붙은 볍씨

타다 남은 짚뭇
물꼬의 흙더버기

땅속의 버러지
움츠린 동면

서산 귀촉도
미끄러운 달빛

금복리 감나무

금복리 비탈에 서있는
감나무 고욤나무

사람보다 감나무가 더 많고
밥보다 고추장이 맛나던 마을

'가난한 사촌보다 낫다' 는
가을산 언덕에 주홍빛 물감

울퉁불퉁한 둥그런 밑동엔
고욤나무 거듭난 배꼽의 흔적

'가을 하늘이 청명키로는
감나무 울타리쯤은 있어야지'

낯익은 말소리 그리운데……
감꽃 같은 사람들

마량포구

1

동백과 주꾸미가 봄을 알리는
발원지 떠난 금강의 종점 마량포구
민물과 바닷물이 서로 끝자락을 감추고
일출과 일몰이 한 집에 사는 서해안
바닷새 주둥이처럼 툭 튀어나온 곳
충청도 서천군 서면 마량리 외딴마을
춘장대 해수욕장을 지나면 동백숲
바다에 면한 언덕은 동백의 한계점
옛날에 어느 수군첨사의 어진 꿈에
평화가 영원하다는 계시를 받아
바다로 떠온 꽃불을 살려 조성한 숲
남쪽의 동백처럼 높지 않은 하늘이건만
세세히 붉은 속살 내비치는 꽃망울은
서해의 큰 집 평화 대궐이다

2

먼 바닷길을 걸어온 안개가
잠든 포구의 창문을 두드리는 새벽
출어 채비로 손발이 분주한 어부는
밤새 뒤척이던 꿈자리를 뒤로하고
바다의 고요한 수면을 가르며
하얀 부표를 향해 달리노라면
고물을 따르는 잠 없는 갈매기가
먼저 아는 채 인사를 건넨다

3

서해의 봄은 단숨에 달려와
뭍과 바다가 그새 하나가 된다
동백꽃 환한 얼굴로 겨울이 끝나면
백발의 쌀밥 주꾸미는 산란의 봄을 찾아
새끼들을 풀어 놓고 생명을 마친다

한산세모시

풀 먹인 잉앗대의 날실 틈으로
들숨과 날숨의 결을 서리며
좌우로 항해하는 씨실 조각배
참빗 바디로 그물을 치는
베틀 속 직녀의 굵은 힘줄
서늘한 소리만 들어도
마르는 물기로
명줄의 손을 놓는
가는 모시올
끊어진 사연紗連을 이어
한 손엔 바디를
한 손엔 북을 들고
사발옷 닳아지는
움집의 칠석

능라의 가벼움으로 빛나는
은빛 마름새 속에는

하얀 모시굿 같은
귀밑머리 얼룩들이
은비녀로 살아 있어
갈라진 마른 입술을
촉촉이 적신다

앉은뱅이술

한산 소곡주素麯酒는 백제 왕실에서 즐겨 음용했던 술이지만, 백제 유민들이 망국의 한을 달래기 위해 한산 건지산성(주류성)에서 다시 빚은 주인酒人의 정성이 지극히 필요한 술이다. 다안왕多婁王은 추곡이 흉작 되자 사양주私釀酒인 소곡주를 전면 금지하였다. 그러나 무왕武王은 조정의 신하들과 함께 백마강과 고란사에서 주인酒人을 모시고 귀가 크게 처지도록 마셨다. 그의 맏아들 의자왕義慈王은 삼천 궁녀를 안고 낙화암 꽃그늘에 앉아 음주탐락飮酒耽樂을 하였다.

조선시대 한양으로 과거 보러 가던 한 선비가 한산 지방을 지나다가 타는 목을 축이려고 인근 주막에 들렀다. 주모가 차린 술상에 궁합이 잘 맞는 미나리부침이 있어서, 그걸 안주로 삼아 한 잔을 마셨는데 술맛이 너무 황홀했다. 두 번째 잔부터 취흥이 돋은 선비는 시를 읊고 달을 보고, 달을 보고 몇 잔을 마시다가 결국 과거를 치르지 못하고 돌아갔다. 또한 어떤 마음씨 착한 도둑은 남의 집에 몰래 들어갔다가 술독을 발견하고, 그 맛에 취해 주저앉았다는 귀와 입이 즐거운 술 이야기가 전해지고 있다.

한 잔 두 잔 마시면 맛이 좋아 일어나기가 싫고, 그 맛에 취하면 일어설 줄 모른다 하여 '앉은뱅이 술'이라 한다는데, 오후의 그늘에 그런 주인酒人을 만나면?

밤나무집

― 기호재

밤나무집 기슭에는 옹달샘이 풋밤처럼 솟아오른다

밤나무집 여물간에는 마른풀이 알밤처럼 쌓여 있다

별서의 한쪽에는 낡은 우마차가 일소처럼 쉬고 있다

구례밤나무집은 섬진강처럼 마당이 훤하게 트여 있다

예천묵집

— 박주대 시인

묵집에는 타다만 숯덩이가 여름처럼 살아 있다

묵집 뒤뜰에는 그을린 가마솥이 지게처럼 걸려 있다

보문 헛간의 간수통과 함지박엔 눈물이 하얗게 묻어
있다

예천묵집에는 지워지지 않는 모정이 참기름으로 타고
있다

양평

강상면 무궁화
강하면 살구꽃

서종리 물안개
동종리 산수유

백운산 꽃구름
칡꽃산 달개비

양서면 이덕형
양동면 이춘영

개군리 상자포
국수리 하복포

울타리 접시꽃
텃밭에 아욱꽃

마른논 자운영
개울가 우렁이

두물머리 양평!
청솔바람 양평!

무안백련지

남도땅 무안백련지
넓은 잎방석 사이로
하얗게 오르는 꽃대궁

초파일에 걸린 연등불
모두 흙꽃으로 내려앉아
물속 깊이 고요한 수심

맷방석 수면 위에
자는 듯 조는 듯
자꾸만 아파지는 눈

선유도기행

고군산군도 맏이 섬 선유도
해당화 웃음처럼 신선이 놀다간 섬
구름에 덮여 유배된 어느 선비가
짚신 한 짐 다 해지도록 조석으로 올라
멀리 한양 땅을 바라보던 망주산 봉우리
지문도 없이 불고 있는 소금 바람

섬과 섬으로 둘러싼 바닷가
금빛 알갱이 반짝이는 모래톱에
배를 깔고 엎드린 오래된 고깃배
무녀도길 해변의 검은 돌밭 사이로
물 그림을 그리는 작은 나팔꽃들

섬에 나무가 성하면 바다가 풍년인데
뭍의 고난보다 더 깊은 물목의 가뭄
어군의 길을 찾는 선유도의 밤
고깃배의 집어등 불빛 어화는
하늘의 별자리 어화처럼 환하다

하동일기

섬진강 매화 화개장터 벚꽃
한식 지나 새순 내기도 끝물인데
남해로 흘러드는 하동 배나무골
배냇저고리에 손을 감춘
눈보다 흰 꽃송이들
가늘어진 다리를 모두 덮고
달맞이 채비에 분주한 나들이길
앳된 꽃들이 무늬 짓는
하늘아가들

배꽃 그늘엔 보랏빛 자운영
돌아앉아 속절없는 아픔을 품고
배추씨 홍화씨 옆구리만큼
자라난 홍자색 슬픈 얼굴
점점이 띠를 잇는 작은 행렬이
이따금 출렁이는 떠남의 손짓

악양들 보리밭 김매던 이들
촉촉한 땀냄새 동구까지 바래는가
물씬 청솔바람에 청보리춤 절로
흘러가는 섬진강 이랑처럼

제2부

오동나무

기와집 뒤뜰의 오동나무
젖이 모자란 연년생 누이가
할머니 등에 업혀 보채던 울음이
시집가던 고모의 옷고름 눈물이
달빛처럼 남아있는 꽃그늘

옥순이에게 느낀 첫 분내음
봄개울에 종이배를 띄우고
보랏빛 꽃향이 하염없이
떨어지는 빗소리
종일토록 오는 비에
기댄 몸이 아프고
흠뻑 젖은 오동나무

구절초

고향길 둑과 밭 사이에 아무렇게나 자라던 들국화. 웃는 모습이 곱고 언제나 머리가 단정한 모시처녀 같은 환한 구절초. 그 산길에 다랑밭의 고추가 여전히 붉게 익어 뜨거운 눈시울. 짧은 햇살을 더위잡고 익어가는 미황색 밤송이. 그 무게를 조금씩 덜어내는 음력 구월 초하루는 외할머니 생신날. 추석에 장만해준 운동화를 신고 걸어가던 시오리 산길. 꽃 속에 숨어 윙윙거리는 토종벌에 쏘이고, 백황白黃의 떫은 향에 마냥 취하던 구절초 산길. 국민학교 다니던 예닐곱 무렵에 어지럽게 놀래던 다병한 시간들. 하늘이 노랗게 가물거리면 질화로에 달여주던 풀꽃. 손마디 거친 구절양장의 지금. 어미 가슴 파고드는 새끼고라니처럼 외할머니 가슴에 고개를 묻던 들꽃잠의 그리움이여. 늦은 나이의 숙취를 달래주는 구절초 베개.

칠석날

여름 한철
파란 칠석날
시오리길 외갓집
외할머니 외삼촌
안방에 계시고
외숙모 부엌에
젯밥을 짓는
외조부 제삿날,
깨어보니
꿈이었다
마당에 봉선화
여무는 씨앗

초파일

초파일 초록밤
찰랑한 무논에
환한 연등 불빛

다락논 모내기에
주무시는 아버지의
등굽은 초저녁

청개구리 찬불가
죽비로 떨어지는
종울림 오동꽃

여름휴가

각자 한 줌의 사랑을 들고
5남매 모여든 여름휴가

좁은 방을 버리고
아버지 계신 평상마루에 누웠다

개짓는 소리에
귀를 닫고 몇 번 돌아누웠다

새벽이 고요하여 눈을 떴다
개를 데리고 사립문에 나가셨다

아, 아버지!

처서處暑

호미씻이 끝난 어정칠월
맑은 바람 기다리는 건들팔월
어정뜬 개구리의 한가함에
더 이상 자라지 않는 들풀들

갈귀숫돌에 낫을 가는
퍼렇게 젖은 옷소매
벌써 산소에 풀을 깎는 벌초꾼
귀뚜라미 귀로 듣는 처서

도랑에 물 마른 천수답
일월을 보며 찰벼가 익는다
아버지의 가을이 느리게 익는다
날 궂으면 줄어드는 곡식!

아버지의 도시락

중학교에 입학한 까까머리
파릇한 보리가 잔설을 털어내고
노란 장다리에 너울나비 춤추는
김장독이 바닥을 드러낸 봄 아침
면사무소로 출근하시는 아버지
삼천리표 자전거에 매달린
작은 도시락 가방 하나
신발끈을 고쳐 매시는 옆에서
내 반찬보다 좋을 것 같은 군침
((아버지의 도시락이 슬쩍 바뀌고,
오전 수업을 마친 점심시간
부푼 가슴으로 도시락을 열어보니
깻잎과 콩조림과 오이장아찌
내 것보다 좋을 것으로 기대했던
황홀한 혀들이 말없이 멈추었다

고희를 기념이라도 하시듯

수술을 두 번이나 마치신 지금
눈에는 모기 두 마리가 살아서 날고
입에는 가시가 돋은 듯 깔깔하여
맑은 실핏줄 같은 반찬만 찾으신다
도시락이 바뀐 것도 모르시며!

어머니의 장롱
— 두꺼비가 콩대에 올라 세상이 넓다고 한다

어머니는 열아홉에 당신보다 한 살 적은 농업학교 2학년 학생 신랑을 중매로 만나 시집에 오셨다. 외조부께서 손수 오동나무를 배어 만든 두 단짜리 장롱을 가지고 정월 초이렛날 초례청에서 맞절을 하셨다. 장롱 문에는 노란 꾀꼬리 한 쌍이 단정한 나뭇가지에 둥그런 집을 지어 세 개의 알을 낳고 서로를 마주보는 모습이 새겨져 있었다. 신랑은 주중엔 학교 공부를 하고 주말이면 집으로 오고는 했다. 신랑이 없는 몇 해 동안 시부모를 수발하며 한없이 바라봤을 장롱 문의 꾀꼬리. 신랑은 농업학교를 마치고 산림조합과 군청의 주사가 되어 강줄기가 몇 번씩 바뀌도록 페달을 밟았다. 자전거의 은빛 바퀴가 도는 동안 알에서 부화된 새끼들에게 먹이를 물어다 주며 주름이 굵은 아버지가 되었다. 날개가 돋기 시작한 새끼들은 장롱 위에 있는 네모난 상자가 궁금하였다. 깨금발을 하고 손을 뻗쳐도 닿을 수 없는 높이었다. 베개와 목침을 층으로 쌓고 오르기를 되풀이하다 훌쩍 날아갔다. 새끼들이 떠난 그 후로 둥지를 새로 짓지 않은 꾀꼬리는 바람과 이슬을 견디다 눈사람처럼 변해서 새우 등 지팡이 하나에 겨울을 기대고 있다.

둥지 밖으로 날라 간 새끼들은 계단이 많고 하늘이 안 보이는 허공의 모래집에 묶여 있다. 어두운 타지에서 오늘도 어제와 똑같은 보이지 않는 끈에 묶여 있다. 서리가 내리는 상강이면 날개 죽지의 왼쪽이 자꾸만 장롱 문 꾀꼬리 집으로 기울어진다. 아직도 울타리를 지키는 것은 참죽나무와 감나무뿐이다.

우산

비오는 날
아버지 돌아오실 황혼 무렵
낡은 우산을 펴들고
(새 우산을 품에 안고)
마중 길에 나서면
새 우산을 내게 도로 주셨다

반백이 되어버린 지금
(새 우산을 품에 안고)
우산을 들고 나온 사람은
아내도 아이도 아닌
어머니였다

아내의 수술
— 2009.5.8

오늘은 오월 팔일 어버이날
갑상선 유두암 종양을 제거하는
전신마취의 암흑 속에서
아내는 자명종을 잊고
삶의 웃음들을 재우고
벌써 세 시간째 자고 있다
썰렁한 수술실 앞에
벙어리로 종종거리는 내게
조각상 〈꿈꾸는 봄〉이 묻는다
'그대의 기원은?
곧바로 대답하려다 멈칫했다
(나에게 아내를 위한 기도가 있었나?)
들고 있던 손이 부끄러워
주머니에 휴대폰처럼 구겨 넣고
전광판 안내문을 다시 읽는다
'내 가슴이 불타지 않으면 남을 불태울 수 없다'
둘 곳 없는 눈을 감고

추억의 시간을 하얗게 적신다
하나는 어머님께
하나는 아내에게
하나는 〈꿈꾸는 봄〉에게

소망

노란 산수유 유하는
초등학교 4학년 2반 1번이다
새 학년 장래 소망 기록란에
피아노 선생님이라 곱게 적었다
궁금한 아빠가 소심히 물어보니
'돈도 벌고 노래도 할 수 있잖아'
'그래도 학교 선생님이 좋지 않겠니'
'학교 선생님은 돈을 못 벌잖아'
'아니야, 선생님도 돈을 버니까……'
'그럼, 나 학교 선생님 할래'
산수유 맑은 눈에
아빠의 얼굴이 작아졌다

강유하

노란 산수유
연둣빛 잎으로
청아한 아침

노란 수선화
맑은 물낯으로
고요한 한낮

노란 해바라기
햇살 가득 먹고
노래진 해거름

보리밥

대나무 광주리에 담겨
하얀 모시수건을 둘러쓰고
소나무 찬장 윗단에 올려있는
가마솥에 삶은 사월의 보리밥
한 번 삶은 보리밥은
미완의 껄끄러운 밥이다
입안에서 씹히지 않으려고
알갱이로 살아서 탱글탱글하다
보리밥은 두 번 삶아야
알갱이가 촉촉한 완성의 밥이다
마음마저 배고프던 유년 시절
학교에서 공부마치고 돌아오면
빈속을 채워주던 식은 보리밥
할아버지의 뽀얀 쌀밥보다
꼬들꼬들한 양푼 보리밥이
소년의 유일한 양식이었다
열무김치와 풋고추 된장만이

동그란 밥상을 채웠던 식탁
간사해진 지금의 내 혀는
감별을 잃고 기름기만 가득하다

설날 아침에

닭들이 홰를 치는 새벽
아랫목 이불 속에서 바라보던
아버지가 지방을 쓰시던 모습
어제 저녁 쓸어 놓은 빈 마당이
하얀 가래떡처럼 환해지면
할아버지의 풀 먹인 두루마기는
옷자락이 무릎까지 사각거린다
노란 지단과 고명 떡국이 놓이면
향불 같은 맑은 술을 올린다
눈짓과 몸짓으로 따르는 차례상
'철상撤床하라' 는
할아버지의 말씀 끝에
안방 건넌방 사랑방 두레상
떡국 한 그릇에 한 살씩 먹는다
나이 먹는 일에 게으를 수 없어
벌써 한 그릇 비워가는 어린 손자들
올해는 처음으로 나의 띠가 되는 해
내 언제 저렇게 하얗게 나이를 먹나

골담초

참죽나무 아래 울타리에
꼬들꼬들 널려있는 삶은 나물들
연노랑 골담초 장독대에
간장독 숯덩이 봄이 둥둥 익으면
항아리처럼 둥근 입덧을 하는
숙취한 주황빛 꽃나비

4월의 아가버선 꽃봉오리
조롱조롱 매달린 꼬마 등불
달짝지근한 도끼머리 꼬투리에
허기진 하루가 자꾸만 실룩여
가시에 찔리는 줄도 모르면서
질병처럼 따먹던 풀꽃

할머니의 신경통 치료처럼
달달한 꽃잎은 떨어지고
초록의 이파리만 무성한
골담초 장독대 울타리

참깨 전어

― 가을 전어는 참깨가 서 말이거나 닷 말이다

대나무가 우거진 언덕 아래 우물가에
새벽엔 쌀 씻는 소리를 하얗게 듣고
낮에는 빨래하는 방맹이 소리로 자라는
떫은 고욤나무와 먹빛 감나무가 있다
건초가 저장된 헛간채 옆 호두나무엔
베짱이가 여름내 지은 신곡이 열려있다
계절처럼 살진 고욤의 낯이 붉어지고
껍질 벌린 호두가 딴딴함을 토해내면
몇 가닥 지푸라기에 엉성히 묶여서
양지바른 담벼락에 기대인 깻다발은
모두를 내준 할미처럼 껍질만 앙상하다
모아놓은 참깨가 서 말이거나 닷 말이거나
돈살 욕심 하나 없는 가을 전어錢魚처럼
무심한 마음으로 면할 수 있는 길이라면
상처가 덧난 갈잎 반점으로 가고 싶다

할머니 제삿날

할머니는
풍천 임씨 예禮자 운雲자다
열네 살에 장손께 시집오셔서
할아버지 여섯 동생을
살림 장만해 분가시키고
큰 집이라고 남은 것은
씨줄과 날줄의 채전과
달빛도 무거운 초가 한 채와
우마차 한 대뿐이었다

기나긴 빈주먹의 시간 속에서
아들 넷에 고명딸을 낳으셨다
둘째아들은
삼십대에 추락사고로
가슴에 못을 박고
막내아들은
아홉 살에 전염병으로
가슴에 또 못을 박는

깜장 숯 가슴으로
그 세월을 견디면서
깜장 숯 가슴으로
큰 아들과 함께
그 세월을 견디시다
큰 아들 생일날 돌아가셨다
여든 일곱 가을 보름에
한 열흘 누우시다 영면하셨다

지푸라기 한 자락도
한 방울의 구정물도
외양간의 소처럼 아끼시던
가르마가 선명한 할머니는
도토리 같은 당신으로
토란잎 같은 사랑으로
정화수 같은 정성으로
화롯불 같은 인정으로
모두에게 당신을 태우셨다

정작 당신을 위해
불 한번 켜지 못한 삶이
이승과 저승의 중간에서
모두를 내려놓고
막내 손녀 시집가는데
냄비라도 사주라며
꼬깃꼬깃 접은 녹슨 지폐
66만 7천원이 그 전부였다

시집간 막내 손녀는
두 아들 낳아 잘 기르며
할머니 제삿날은
어찌 그리도 친정에 빨리 오는지
할머니 머리 감겨드리고
손톱 발톱 깎아드리던
햇볕 따스한 가을날이
아직은 제삿날이 아니라
아버지 생신날만 같데요

제3부

꽃그늘

꽃바람 삼월
방산芳山의
하얀 절집

영산홍
졸음 겨운
마당 모서리

처마에 기운
살구꽃
흰 그늘

문지방 너머
맑은 미소
매화 같은

꽃무릇 석산石蒜

여린 잎새 하나 동반하지 못한 마른 줄기로
서천을 향해 아리게 열고 있는 붉은 속눈썹

작은 결실의 약속 없이 흩어지는 꽃잎 뒤로
승방의 정정한 향불에 귀를 여는 진물 상처

꽃과 잎이 애절한 각이불이各異不二의 연모
핏빛 그리움으로 좀 슬지 않는 꽃무릇 석산

달개비

하늘색 귀로
하얀 상아로
식물로 바꾼
칠팔월 코끼리

하루를 피어
낙화도 못하고
애간을 녹이는
순간의 풀꽃

그리움

민들레 유채꽃 자운영
영원으로 피어나는 살풀이
없음만이 살아서 존재하는
애달픈 그리움

산도화 산수국 수수꽃다리
절정의 순간을 떠나는 여인숙
모두를 갖고 모두를 버리는
애틋한 그리움

후박나무 느릅나무 미선나무
한 모금으로 가벼워지는 찻잔
찬란한 침묵으로 말하는
묵시한 그리움

강낭콩

아이들의 공부방이 좁아서
옆 동네 전셋집으로 이사를 했다
새 집에 마음을 붙이지 못하고
지나간 신문이나 뒤적이다가
말라죽은 꽃들을 조용히 보내고
새롭게 분갈이한 덴드롱 화분,
한 줌의 흙 속에
묻혀 온 강낭콩 한 알
어디서 들어와 이사했을까?
(너도 전세를 들었군!)
한 줄기 덩굴 가족을 이루어
흰색과 자주색 꽃차례로
초여름 뜨겁게 피어 있다가
콩꼬투리 뾰족하게 말라가며
오늘을 익어가고 있다

물억새

새털바람에 나뭇잎은 마르고
마른 먼지만 길게 날리는 스산한 시월
은회색 억새의 넘실대는 흔들림에
허기진 물고기들 강변에서 입질하면
감춰진 심지 하나가 스르르 풀려온다
맹물로 채운 허기진 세상을
물억새 꽃바람으로 치우되는 상처
무수한 일렁임을 끌어안고 흘러가는
흘러가는 강물의 물거울을
물거울을 바라보는 강변의 버드나무
그림자가 밀고 당기는 거울 앞에서
억새빛 강바람에 젖은 손을 닦으며
낮은 곳으로 내려가는 강물처럼
'길─'과 '언덕◀'의 경계가 흐려졌다
내 머리에 피어나는 물억새꽃

분재

꽃을 달은 너는 풍경이다
잎보다 많은 꽃송이를
온몸에 달은 분재는
버선 속 실밥처럼
기원이 은폐된 풍경이다
풍경은 기원을 은폐한다

가을의 속도

산하山下로
산포하는 색감바이러스
잎사귀에 속삭이는
감새의 가을 속도

시간도 익으면 휘는 것
달을 바라보는 달맞이꽃도
해를 바라보는 해바라기도
단풍 같은 비단의 힘도
가을 속도 같은 것

가을은
능금빛 오후를
혼자서
내려놓는 것

가을 우체국

우체국 화단에
살구꽃 떨리는
꽃바람이
흔드는 깃발

우체국 쉼터에
사랑 떠난
등꽃이
남긴 빈 의자

가을 우체통에
가지 못한
늦은 편지가
기다리는 배달부

변두리 우체국에
장승으로 서 있는

하늘을 우러르던
해바라기

낚시용 장갑

뇌졸중 수술 후에
휠체어에 몸을 실은 아버지
손바닥 마디마다 살들은 굳어지고
살갗의 버섯들이 꽃을 내미는
시월 초이틀 이순의 날
억새꽃 하얀 언덕으로
마른 잎처럼 가볍게
혼자서 타고가신 꽃상여

휠체어의 은빛 순간이
씀바귀 같은 손등의 힘줄이
낚시용 장갑에 묻어서
낡은 주인을 기다리고 있네
빈 집 토방에서

대시— dash

밋밋한 묘비에
비바람 섞인 날의 목소리가
색다른 단풍처럼 각인되어 있다
가을날 이끼 낀 묘비에
출생과 사망
사이의 대시(-)가
탯줄처럼 걸려있다
길고 짧은 하얀 옷들이
마른 빨래가 되어 펄럭인다
날마다 한 점 한 점 찍어온
때로는 영성하게, 촘촘하게
지울 수 없는 작은 점들
우물쭈물한 진검승부가
손끝을 세우고
걸어온 살점들

마음의 상여

2009.2—2009.8

스승의 수선화는 화석이 되었다
추기경님도 전직 대통령도
이웃의 무던한 형제도
물 없는 둠벙처럼 흔적만 남았다
이제 그들은 곁에 보이지 않는다

누군가를 떠나보낸 사람은 안다
안타까움과 애잔함을
누군가를 세상 밖으로 보낸 사람은 안다
홀로되어 가는 외로움을
누군가와 극적으로 헤어진 이는 더욱 안다
꽃상여의 황망함과 상흔을

혼자서 밥숟가락을 들다가
남겨진 옷자락의 체취를 맡다가
수첩에 끼워진 낡은 사진 한 장을 보다가
신다가 두고 간 헐어진 신발을 보다가

(짊어진 마음의 상여)
추억의 풍경에서 기원이 떠오를 때
영혼이 닮은 사람을 만났을 때
마지막 성장의 허전함과 상실감이
마음의 상여를 짊어지게 한다

무상게 無常偈

우수의 아침
산사를 오르는 언덕에
우연雨煙이 삶처럼 뿌옇다
먼저 떠난 자식의
허연 뼛가루를
조밥에 섞어 뿌리며
무상게를 느리게 적시는
늙은 아비의 슬픈 저음
우연偶然의 순간과
필연必然의 극한이여!
형상의 거울을 떠나라
흰 새여, 검은 새여!
인연을 물어들고
훠이훠이 멀리 날아라
하얀 갈림의 언덕길에
눈물로 젖은 만장이
바람에 펄럭인다

산다는 것은

산다는 것은
죽이는 것
큰길이 갓길을
의식이 무의식을

산다는 것은
사랑하는 것
구월이 삼월을
소요가 고요를

산다는 것은
노래하는 것
밀물이 썰물을
썰물이 밀물을

산다는 것은
무섭다고 하지만

산다는 것은
아리고 쓰다지만
난해한 그리움

송화소금

1

먹구름 기운이 물러간 초록 세상
태양이 높이 떠서 낮이 길어진 오월
남쪽이 붉으면 사는 것이 편하다는
늙은 염부의 소염제 같은 말씀

파란 모판이 촘촘히 박힌 못자리
써레질 끝낸 논바닥에 가득한 논물
소리 없이 흔들리는 물결이랑은
두렁을 넘을 듯 찰랑 찰랑

거울 같은 무논처럼 네모진 소금밭에
소나무 꽃가루 안개처럼 내리고
바다의 눈물과 간간히 하나 되어
햇빛과 바람에 온몸으로 저를 맡긴다

2

새벽 인시에 집을 나서 새물을 대고
잠깐 들어와 아침밥 먹고 또 나가는
40년 소금쟁이 염부
'이젠 염전 팔아불고 편히 살고 싶어도
배운 게 이 짓이라,
골병들어도 어쩔 수 없다네'

3

해주에 뜬 낮달처럼
새물을 만난 마중물
바슬바슬 날을 벼리는
메밀 같은 소금밭
송진처럼 떫은
뽀얀 눈물의 흔적들
어디 헌것 없이 새것 있으랴

모더니즘 까치

― 이영섭 시인

옥상 철탑에 집을 지은
모더니즘 까치 한 마리
안테나에 얹은 발가락이
꽃불처럼 빨갛게 물든 채
반쯤 감은 눈이 응시하는 하오

며칠째 내린 비가 그치고,
빗물 고인 웅덩이를
가뭇없이 떠가는 구름
야트막한 언덕의 소나무에
솜털을 달고 올라온 솔순
울타리 너머 싱싱한 파밭엔
팔랑팔랑 춤추는 명주나비
홀로, 떨고 있는 꿈의 흔적

부푼 몸이 무거운 듯
깃털을 털고

사람 없는 빈터에
날빛으로
내려앉는다

제4부

산길을 걷는 자

낮은 자세로
낮은 자세로
순결한 자세로
영혼을 높이 들고
산길을 걷는 자
가벼운 몸으로
하늘을 멀리 보며
산마루 걷다가
싸릿골 걷다가
목련화 그립고
동백꽃 멍울지면
마음 젖지 않도록
흰 구름 띄우는
산길

5층에서 1층으로

5층 3학년 교실에서 십 년간 수업하다가
계단을 오르내리는 것이 힘에 부쳐서
삐걱거리는 무릎과 허리를 견디지 못하고
1층에서 새내기들에게 국어를 가르친다
높은 곳에서 더 높은 곳을 바라보며
답안 찾는 요령만 진하게 가르친 시간이
낮은 곳, 입술 아래 가슴으로 내려오니
보이지 않던 교정의 꽃과 나무들이
내 마음에 내려와 작은 자리를 잡는다
솜다리 까치다리 애기똥풀 금강초롱
석류나무 배롱나무 자귀나무 매실나무
밤새들의 울음처럼 안 보이던 한쪽이
참나무의 여린 잎으로 연해지고 있다

토요일 오후

오래된 교정의 철봉들이
숙직교사 숙직처럼 늘어지는
삼월의 토요일 오후

공을 높이 차던 아이들이
막차처럼 빠져나간 운동장
하늘을 보고 하품하는 마당

봄바람의 숨바꼭질 사이로
우듬지에 맑은 순을 내놓고
새로운 바람을 기다리는
맨살이 그리운 철쭉 화단

햇살이 모이는 땅바닥에
몽당연필 뭉툭한 글씨처럼
노오란 민들레 몇 송이
낮은 데 앉은 손순한 너
위에서 바라보는 불손한 나

점심시간

4교시가 끝난 점심시간
학생들과 선생님이 하나가 되어
허기진 배를 안고 식당으로 밀려간다
(아침을 못 먹었으니 배가 고프지!)
각자의 배식과 식사를 급하게 마치고
저마다의 자리로 조용히 돌아간다
무거운 머리를 들고 앉아서 조는 아이
누군가에게 휴대전화로 문자를 보내는 아이
이어폰을 꽂고 혼자만의 시간에 빠진 아이
책상에 엎드려 입 벌리고 잠자는 아이
복도에서 친구와 이야기 하는 아이
운동장에서 농구공을 던지는 아이
사랑하는 사람과 통화하는 젊은 선생님
교정을 산책하며 하늘을 보는 국어선생님
새벽부터 시작된 일과를 되새김하는 학생부장님
차도 못 마시고 공문 작성에 바쁘신 부장선생님
곧 시작될 5교시를 기다리고 계신 원로선생님

전화로 공과금을 처리하기 힘드신 교감선생님

마음꽃 한 송이 필 자리 없음이 한결같구나!
마음에 점을 찍는 점심시간의 표정이
오후의 새로움을 맞이하는 출발 표정이
수면이 부족한 푸석한 얼굴들
아침도 못 먹는 쫓기는 얼굴들

학표주전자

자귀나무의 솜털 꽃술들이
딸아이의 머리핀처럼 다홍을 띠는
소서와 초복 사이의 해름 무렵
22번 마을버스 정류장을 지나
입구가 허술한 빈대떡집에 들어서면
금색의 학鶴표 주전자가
이마에 청색 복福자를 두른
누룩보다 둥근 하얀 사발과 함께
주인보다 먼저 인사를 한다
소매 끝에 묻은 분필가루를
모국어의 희끗한 보행을
감자전과 모주로 넉넉히 씻어도
온전히 하루를 물들이지 못한
하나의 작은 아쉬움이
서쪽 하늘에 노을로 남아서
녹두알같이 좁아진 가슴에
사발 속의 학처럼

곱게 비상하라고
벌겋게 물들이는 술시

해바라기

— 황용현 선생님

스승의 날 아침에
아이들이 학교 강당에 모두 모였다
선생님께 카네이션을 달아주는 시간이다
작년에 문학을 가르쳤던 아이로부터
꽃 한 송이와 보리차 한 병을 선물로 받았다
병에 붙은 작은 메모 글씨에
'선생님! 3학년이 되니 재미도 없고 힘들어요'
'그리고 선생님도 작년보다 더 피곤해 보여요'
(내가 피곤하면 남도 피곤해 보이는 것이지!)
…… 생각하며 몸과 마음이 공문에 묶여
가쁘게 숨가쁘게 공문을 풀고
금년 봄에 퇴임한 선배교사를 찾았다
만남의 장소를 정답게 찾지 못하고
하루의 일과처럼 몇 바퀴를 헤매다
소심히 들어선 식당 연일淵日집
연못의 노을처럼
흩어진 하루의 시간들을 모으며

마음을 몇 번 적시다가
벽에 걸린 노란 해바라기에
두 눈이 점화되어 머문다
'선배님! 해바라기는 왜 저렇게 동그랗지요'
'아마도 해를 많이 봐서 해를 닮았겠지!'
'그런데 어째서 목만 저렇게 굽었지요'
'할 만큼 해봐서 그렇겠지!'

새싹들에게 국어를 가르친 몇 십 년
나도 할 만큼 해본 해바라기였나?
보리차 한 병을 건넨 아이의 눈에는
해바라기처럼 나도 목이 굽었겠지?
내가 나를 볼 수 없도록

맑은 시인을 위하여
― 이광웅 선생님

1
쌀밥보다는
쌀 씻는 소리를
싸락눈으로
들려준
대밭

원양어업보다는
먼 바다 고기잡이를
모국어로
보여준
수선화

2
뒷동산 장군봉
4·19 기념일,

공작새
내려앉은
다섯 소나무

칠성판 번갯불에
목숨을 걸고
불면으로 태어난
남성南星의 아들
오성五星과 오송五松

비행기 칼날에
상처난 가슴
불안하게 흔들리는
시인의 눈동자
(죽든지 살든지……)

참! 맑은 시인!

미시령 단풍

  — 황동규 시인

동백나무 열정을
즐거운 편지로 띄우고
시월의 강을 건너
비가와 태평가를 부르는
어떤 갠 날의 평균율

열하일기 읽다가
불온한 여행 유혹에
삼남에 내리는
성긴 눈을 맞으며
바퀴를 굴리는 욕망

새벽을 쫓는 자유로
선유도에 도착하여
행복의 끝을 풍장 하는
견딜 수 없는 가벼움
무한한 자유로의 귀환

궁평항 밤바다에
휘어진 시간처럼
마른나무 가지 끝에
꿈도 없이 졸고 있는
수척한 물새

악어를 조심하며
노래와 삶을 극화하는
환하고 떫은 오미자술
오늘 입은 마음의 상처
밤새운 아스피린 두 알

시간을 이발당한 풍경중독자
화장지운 순살결 제맛으로
몰운대 꽃가루 절벽에서
날것 모기에게 몸을 맡기는
무반주 떠돌이의 홀로움

시의 페달은
미시령의 단풍처럼
꽃의 고요는
달개비의 상아처럼
음의 적막은
버클리의 저녁처럼
발가락이 빨갛게 마취된
무량의 절정 외계인

산하 홍희표

청와靑蛙의 시는
한 방울의 물에도
살구꽃이 입덧하며
이스랭이 버드내로
리리시즘 리리시즘

옹산翁山의 시는
흰 고무신 싸락눈
놀뫼의 저녁눈이
초례의 잔으로
눈물점 콧물점

글돛의 시에는
모두모두 꽃피고
피몽둥이 바람불어
진혼굿 살풀이로
아제아제 바라아제

산하山下의 시에는
마음 구겨진
모더니즘 까치가
금빛은빛 쥐탑에 올라
세상달공 달공세상

범초凡初의 시속에는
숙취한 쑥부쟁이
목척교의 홀씨처럼
반쪽의 슬픔으로
짝짝눈 짝짝눈

조용필

몸 아픈 환자가 약을 먹듯
슬픈 미소를 보듬어 준 멜로디는
청춘을 감고 있는 촛불의 나이테

사람 냄새 물씬한 물망초 생명으로
삶이 노래이고, 노래가 삶인 소리꾼
산유화 여백의 서늘한 뒤안길에
바람과 갈대가 전하는 가랑비

살아있는 혼이 흐르는 한강처럼
내 가슴에 쏟아지는 비와 구름
갈길 잃은 황진이가 울던 그 겨울
슬픔도 기쁨도 함께한 불꽃

위로와 교감이 영원한 시인
친구의 아침을 공유한 타인
정형의 꿈을 버리는 고독한 러너
그대 발길이 머무는 곳에
사랑은 아직도 끝나지 않았네

식객食客

산당을 품은 터전은 길이다
그를 키워준 스승은 자연이다
우리 산하의 초근목피를 따라
산길과 들길을 떠도는 방랑시인은
오늘도 길에서 또 다른 길을 묻는다

'음식은 내 몸과 자연이 하나 되는 것으로
먹을 수 있고 없고의 경계가 무너지는 것'
'음식은 도와 예가 하나로 어우러진 것으로
도로서 펼치고 예로서 겸허히 받는 것'

산당의 요리는 지고지선의 공양이다
애틋한 가슴으로 요리하는 참 마음은
가장 높고 선한 어머니의 눈을 닮았다
어머니의 눈은 우주를 관통하는 힘이다
우주를 관통하는 사랑의 마음으로
하늘 아래 뭇 사람이 주인이 되는 날

그의 진정한 밥상 공양은 완성이다

맛이란 날 없는 예리한 칼날이다
멋이란 틈 없는 여운의 여백이다
밥이라는 말에 가슴이 뛰는 사람
요리라는 말에 잘 스며드는 사람
맛과 멋이 살아있는 드라마 연출자
맛과 멋의 조응 산당山堂 임지호

잣나무가족

　교정의 언덕에 한 50년쯤 된 잣나무가 두 그루 서 있다. 상록수인 잣나무는 열매보다는 그늘이 좋아서 학생들이 의자에 앉아 담소를 나누거나 명상을 즐긴다. 잣나무는 맑은 사람들의 맑은 애기를 많이 들어서 그런지 갈수록 푸르기만 하다. 잣나무 위에는 여러 식구들이 소리 없이 살고 있다. 지난 겨울에는 큰 눈이 와서 가지 하나가 찢겨졌다. 상처 난 틈으로 이름 모를 풀씨가 날아들어 싹을 틔우고 꽃을 피웠다. 꽃향기를 먹으려고 나비와 벌들이 날아들고, 진한 송진 수액을 먹으려고 무당벌레와 개미가 상주하고 있다. 개미와 벌레를 먹으려고 박새며 곤줄박이며 참새와 방울새가 모여든다. 거미는 푸른 바늘잎 사이로 실집을 짓고 힘없는 작은 것들이 걸려들기를 기다리고 있다. 까치는 삭정이와 마른 풀을 물어다 백두산 천지처럼 우듬지에 집을 짓고 알을 낳았다. 멧비둘기는 일몰이 오면 튼튼한 가지에 의지하여 하루의 날개를 접는다. 처서를 지나 백로가 오면 잣은 여물기 시작한다. 잣이 잘 여물기도 전에 찾아오는 청설모는 잣나무 위에서 줄넘기를 한다. 마치 잘 훈련된 링체조 선수처럼 잣송이를 두 발로 잡고 빙빙 돌려서 밑으로 떨어뜨린다. 아래로 떨어진 잣송이를 물고 그들만의 안전한 장소에서 맛있게 식사를 하고, 남는 것은 흙속에 묻어 놓는다. 잣나무에는 식물과 동물이 함께 살고 있으며 서로 욕심 없이 먹을 것을 주고받는다. 잣나무는 위이거나 아래이거나, 햇빛이거나 그늘이거나 싫은 표정을 짓지 않는다. 넓고 푸른 잣나무의 전신은 어머니의 바다였을까? 아버지의 바다였을까? 하느님의 하늘이었을까?

■ 해설

그리움에 감싸인 근원적 기억들
— 강웅순론

유 성 호
(문학평론가, 한양대 교수)

1.

우리가 잘 알고 있듯이, 모든 서정시는 자기 기원origin
에 대한 기억과 고백 그리고 동질적인 자기 확인의 과정
을 중심적인 창작 동기로 삼는다. 비록 그것이 대對사회
적 발언을 일정하게 품고 있다 하더라도, 서정시의 근원
적인 존재 방식은 궁극적으로 자기 귀환을 시도하는 데
있기 때문이다. 따라서 서정시의 저류底流에는 시인 자신
이 오랜 시간 겪은 절실한 경험 가운데 가장 뿌리 깊은 기

억의 층이 녹아 있게 마련이다. 강웅순의 첫 시집 『송화 소금』(모아드림, 2010)은, 이러한 서정시의 원리를 가장 충실하게 구현하고 있는 사례로 우리에게 다가온다. 그만큼 이번 시집은 오랜 시간 시인 자신의 경험 속에 축적해온 시간들을 불러 모아놓은 일종의 '기억의 축도縮圖'라 할 수 있다.

다시 한 번 강조하지만, 이번 강웅순 시집은 살아온 날들에 대한 진한 그리움으로 온통 수런거린다. 시인은 지나온 시간 속에 머물고 있던 사람들, 풍경들, 사물들을 모두 불러내, 시간의 풍화를 전혀 타지 않은 채 선명하게 인화되어 있는 자신의 기억들을 그 안에 담아 보여준다. 그 기억들은 대개 그리움에 감싸인 매우 근원적인 것들인데, 그만큼 이번 시집은 시인에게 가장 절실한 그리움의 대상이 되는 세목들로 짜여져 있다 할 것이다. 모두 4부로 구성된 이번 시집은, 시인의 이러한 기억의 원리를 바탕으로 하여 1부에는 고향과 자연 사물에 관한 그리고 이른바 생명의 소리들이 채집되어 있는 시편들이 담겨 있고, 2부에는 가족과 부모님에 대한 절절한 기억의 시편들이 배치되어 있다. 3부에는 삶과 죽음에 대한 성찰의 시편들 그리고 마지막 4부에는 다양한 인연을 맺어온 시인들에 대한 시편들과 교육자로서의 경험을 담은 시편들이

배열되어 있다.

일찍이 시인은 "풀벌레 울음소리는 늘어진 귀를 순하게 하고, 시고도 떫은 모과 빛은 탁한 눈을 맑게 만들어준다."(「시인의 말」)고 했거니와, 우리는 이번 시집에 실린 강웅순 시편들이 바로 그 '풀벌레 울음소리'이자 '모과 빛'이라는 사실을 곧 알게 된다. 이 글은, 이렇게 각 처소에서 자신만의 '울음소리'를 내면서 동시에 은은한 '빛'으로 반짝이는 강웅순의 가편佳篇들을 따라가면서, 우리의 귀를 순하게 하고 눈을 맑게 할 시세계에 근접해보려는 작은 시도라 할 것이다.

2.

강웅순 시학의 가장 강렬한 지남指南은, 자신이 살아왔던 고향에 대한 기억들을 향하고 있다. 그 '고향'은 다른 말로 바꾸면 '자연'이자 '생명'이다. 그런데 시인은 이러한 고향에 대한 기억의 밀도를 비교적 간결하고 단정한 시법詩法으로 그려내는 일관성을 보여준다. 말하자면 장광설이나 해체 정신과는 전혀 무관한 자리에, 가장 전형적인 의미의 '단형 서정'을 드리우고 있는 것이다.

원래 기억이란, 지나간 과거를 현재적 사건으로 만드는 행위 일체를 말한다. 그래서 과거를 현재적 감각으로

되살려 충만한 현재적 실재로 만드는 것이 기억의 직능이라고 할 수 있다. 이는 시간의 불가역성不可逆性을 거스르는 상상적이고 역동적인 과정으로서, 시 안에서만 특권화된 시간의 재현 과정이라 할 것이다. 가령 선명하기 이를 데 없는 다음 풍경을 읽어보자.

친정집 돌아온 고모처럼
담 넘은 오동꽃 분내음

허기진 식탁을 수놓은
채마밭 감자꽃 밥상보

혓바늘 깔깔한 입속에
유년이 얼룩진 가지꽃

놋대야 맑은 하늘에
흰 구름 붓꽃 샘물

—「초여름」전문

고향의 초여름은 화자에게 다양한 감각으로 각인되어 있다. 이 풍경은 과거의 것인가, 현재의 것인가. 다시 한

번 말하지만, 서정시는 지나간 기억을 현재화하여 '충만한 현재형'으로 그것을 복원한다. 비록 그것이 순간적이고 상상적인 탈환일지라도, 그것은 너무도 선명하여 생생한 현재적 실재로 다가온다. 이때 시인은 언어적 감각으로써 기억을 현전시키고, 시야말로 감각적 구체로 드러나는 과정임을 증언하는 기능을 떠맡게 된다.

화자의 기억 속에 각인된 초여름의 향기는 마치 오랜만에 친정집으로 돌아온 고모의 '분내음' 같은 것이다. 그것은 담 넘어 드리운 오동꽃의 향기를 환기하면서 사람과 사물이 하나의 감각으로 결속되어 있던 시절을 알려준다. 또한 초여름은, 시각적으로는 늘 허기진 식탁을 덮고 있던 '채마밭 감자꽃 밥상보'로, 미각적으로로는 '혓바늘 깔깔한 입속'에 얼룩져 있는 온갖 유년의 흔적들로 회상된다. 순간 '놋대야'에 맑게 비추인 하늘이며, 흰 구름이며, 붓꽃들이 연쇄적으로 따라나온다. 풍경의 기억은 참으로 선명하다. 그때 놋대야에 담긴 물이 어찌 이러한 기억을 길어내는 '샘물'이 아니겠는가. 이 시편에서 '분내음-밥상보-가지꽃-샘물'로 이어지는 각 연의 종결 명사들은, 고향의 초여름을 구성하던 경험적 세목들이 아닐 수 없을 것이다. 이렇게 강응순 시편에는 "고추잠자리 꽁무니에 걸린/진홍빛 서천의 노을"(「무궁화 백일」)이나 "이

슬로 편지 쓰는/대추의 붉은 눈물"(「한로寒露」) 같은, 맑고 환하고 슬프고 아스라한 고향의 풍경들이 선연한 기억을 동반하며 펼쳐진다. 이때 이러한 사물들의 현재화를 가능하게 하는 기억의 원리는, 화이트헤드도 지적하고 있는 것처럼, 실재 그 자체가 아니라 현재 화자의 시선에 따라 조정되고 선택된 시간의 집결물이라 할 것이다.

이렇게 단아한 종결 어법으로 마치 사진 영상 같은 풍경을 그리고 있는 강웅순 시학은, 앞에서도 언급한 것처럼, 대체로 '단형 서정'에 의해 이루어진다. 심미적 관조나 순간적 정서로 표상되는 그의 시편들은, 가장 짧은 형식을 통해 시를 쓰려는 의도를 표상하고 있는 것이다. 이는 언어를 사용하면서도 언어의 명료성을 부정하려는 역설적 노력을 함의하는데, 그 결과 그의 시는 압축과 긴장의 미학을 오롯하게 성취한다. 이러한 압축과 긴장의 미학은, 언어 자체에 대한 부정이 아니라, 언어 과잉을 경계하려는 그만의 방법적 전략을 뜻한다. 따라서 우리는 강웅순 시학이 이러한 언어 과잉을 경계하려는 미적 선택 속에서 '단형 서정'의 집중화를 가져왔다고 말할 수 있을 것이다. 그런가 하면, 다음 시편에서는 매우 구체적인 지명과 풍경을 복원하면서, 자신의 경험적 기원을 찾아나서는 모습이 잘 나타난다.

민물과 바닷물이 서로 끝자락을 감추고

일출과 일몰이 한 집에 사는 서해안

바닷새 주둥이처럼 툭 튀어나온 곳

충청도 서천군 서면 마량리 외딴마을

춘장대 해수욕장을 지나면 동백숲

(…)

서해의 봄은 단숨에 달려와

뭍과 바다가 그새 하나가 된다

동백꽃 환한 얼굴로 겨울이 끝나면

백발의 쌀밥 주꾸미는 산란의 봄을 찾아

새끼들을 풀어 놓고 생명을 마친다

—「마량포구」 중에서

마량포구에서 화자가 바라보고 있는 것은 '민물과 바닷물', '일출과 일몰', '뭍과 바다'가 한 몸을 이룬 외딴 마을의 정경이다. "바닷새 주둥이처럼 툭 튀어나온 곳"에 있는 이 마을에는 동백숲이 아스라하게 펼쳐져 있고, 거기서 그 동백꽃 환한 얼굴로 겨울이 끝나면 백발의 쌀밥 주꾸미가 산란의 봄을 찾아 새끼들을 풀어 놓고 생명을 마친다. 이러한 자연의 모습을 몸 속에 깊이 간직하면서 화자는 사물들 속에 각인된 삶과 죽음의 근원적 의미를 성찰하고 있다. 이처럼 강응순 시학의 핵심적 거점은, 기억의 원리를 따라 고향을 감싸고 있는 풍경에 도달한 후 그것을 현재의 시선으로 사유하고 재현하는 방법에 있다. 이러한 방법은 가령 "능라의 가벼움으로 빛나는/은빛 마름새 속에는/하얀 모시굿 같은/귀밑머리 얼룩들이/은비녀로 살아"(「한산세모시」) 있는 세모시를 불러오거나 "한 잔 두 잔 마시면 맛이 좋아 일어나기가 싫고, 그 맛에 취하면 일어설 줄 모른다 하여 '앉은뱅이 술' 이라"(「앉은뱅이 술」) 하는 술을 환기하는 데서도 일관된 구체성을 확보한다. 이러한 기억의 구체성은, 하찮고 보잘것없는 존재들을 시의 문맥으로 정성껏 불러내는 시인의 태도를 일관되게 불러오는데, 그 점에서 강응순은, 커다란 이념적 접근을 통해 생명 현상에 다가가지 않고, 우리 주위에 흩뿌려져 있는 뭇 존재들에 대한 연민과 사랑을 통해 생명의 본원적 가치에 다다르는 시인이라 할 것이다.

밤나무집 기슭에는 옹달샘이 풋밤처럼 솟아오른다

밤나무집 여물간에는 마른풀이 알밤처럼 쌓여 있다

별서의 한쪽에는 낡은 우마차가 일소처럼 쉬고 있다

구례 밤나무집은 섬진강처럼 마당이 훤하게 트여 있다

―「밤나무집 ― _{기호재}」 전문

묵집에는 타다 만 숯덩이가 여름처럼 살아 있다

묵집 뒤뜰에는 그을린 가마솥이 지게처럼 걸려 있다

보문 헛간의 간수통과 함지박엔 눈물이 하얗게 묻어
있다

예천묵집에는 지워지지 않는 모정이 참기름으로 타고
있다

―「예천묵집 ― _{박주대 시인}」 전문

이 시편들은 영락없이 박용래 시법을 계승한 작품들이
다. 먼저 '밤나무집'을 구성하는 풍경들을 한 행씩으로
갈무리하고, 그것을 각각 하나의 연으로 삼아, 모두 네 연
으로 배치한 위 시편의 시법詩法은 박용래의 절편絶篇「저
녁 눈」을 그대로 닮아 있다. 그 '밤나무집'에는, 기슭의

옹달샘과 여물간 마른풀과 낡은 우마차와 훤하게 트인 마당이 놓여 있다. 그 회상의 정경들이 각각 '풋밤' 과 '알밤' 과 '일소' 와 '섬진강' 에 비유되고 있다. 또한 아래 시편에서는 '예천묵집' 의 정경이 타다 만 숯덩이, 그을린 가마솥, 헛간의 간수통과 함지박, 지워지지 않는 모정에 깊이 잠겨 있다. 그것들이 또한 각각 '여름', '지게', '눈물', '참기름' 으로 서서히 번져간다. 이처럼 구례밤나무집과 예천묵집은 장소의 구체성과 함께, 오랜 기억 속에 시인이 간직해온 것들이 살아나오는 장면을 정태적으로 담고 있다. 이러한 지명들은 '두물머리 양평' 이나 '남도 땅 무안 백련지', "해당화 웃음처럼 신선이 놀다간 섬" (「선유도기행」)을 지나 "섬진강 매화 화개장터 벚꽃"(「하동일기」)에 당도할 때까지 천천히 지속되고 확장된다.

그런데 이런 풍경들 속에서 시인은 생명의 소리를 채집하기도 한다. 시인은 가장 근원적인 침묵의 소리를 고향 자연 속에서 듣는다. 가령 시인은 "은빛 마름새 투명한/여치와 베짱이의 선율"(「배롱나무」)을 듣고 있고, 그와 반대로 사람들은 "지렁이 울음을 들어보지 못한/진짜 자연의 울음을 듣지 못한"(「지렁이」) 존재들이다. "왜가리 개똥지빠귀/안개비 속울음"(「망종芒種」)마저 듣고 있는 이러한 시인의 밝은 감각은, '소리' 야말로 사물을 거울처럼 반영하지 않고 스스로의 규칙으로 살아나는 것임을 아름답게 보여준다. 그래서 그의 시는 가장 구체적인 감각에 의해 촉발되지만, 생명을 아끼는 근원적 사유에 의해 논리를 얻는 과정을 밟아나간다. 이 점 매우 중요한 강웅순 시학의 성취이다.

3.

원래 기억이란, 고고학자의 시선처럼 현재의 지층 속에 화석의 형식으로나 있을 법한 과거 풍경을 재현하면서, 동시에 그때의 한순간을 현재 시점에서 구성해내는 원리를 뜻한다. 강웅순 시편에서 이러한 재구성을 가능케 해주는 핵심 소재가 바로 '가족' 인데, 이번 시집에서 가장 견고한 서사적 얼개를 형성하고 있는 것이 바로 '가족' 을 향한 시인의 정서적 흐름일 것이다. 예컨대 "기와집 뒤뜰의 오동나무/젖이 모자란 연년생 누이가/할머니 등에 업혀 보채던 울음이/시집가던 고모의 옷고름 눈물이/달빛처럼 남아있는 꽃그늘"(「오동나무」) 같은 이미지는 탁월한 서정적 아우라Aura를 보여주지 않는가. 또한 "어미 가슴 파고드는 새끼고라니처럼 외할머니 가슴에 고개를 묻던 들꽃잠의 그리움"(「구절초」)이라든지 "다락논 모내기에/주무시는 아버지의/등굽은 초저녁"(「초파일」) 같은 대목들도 선연한 이미지로 다가오지 않는가. 다음 작품은 그 가운데 가장 전형적인, 그리움에 감싸인 근원적 기억을 담고 있다.

어머니는 열아홉에 당신보다 한 살 적은 농업학교 2학년 학생 신랑을 중매로 만나 시집에 오셨다. 외조부께서 손수 오동나무를 배어 만든 두 단짜리 장롱을 가지고 정월 초이렛날 초례청에서 맞절을 하셨다. 장롱 문에는 노란 꾀꼬리 한 쌍이 단정한 나뭇가지에 둥그런 집을 지어 세 개의 알을 낳고 서로를 마주보는 모습이 새겨져 있었다. 신랑은 주중엔 학교 공부를 하고 주말이면 집으로 오고는 했다. 신랑이 없는 몇 해 동안 시부모를 수발하며 한없이 바라봤을 장롱 문의 꾀꼬리. 신랑은 농업학교를 마치고 산림조합과 군청의 주사가 되어 강줄기가 몇 번씩 바뀌도록 페달을 밟았다. 자전거의 은빛 바퀴가 도는 동안 알에서 부화된 새끼들에게 먹이를 물어다 주며 주름이 굵은 아버지가 되었다. 날개가 돋기 시작한 새끼들은 장롱 위에 있는 네모난 상자가 궁금하였다. 깨금발을 하고 손을 뻗쳐도 닿을 수 없는 높이였다. 베개와 목침을 층으로 쌓고 오르기를 되풀이하다 훌쩍 날아갔다. 새끼들이 떠난 그 후로 둥지를 새로 짓지 않은 꾀꼬리는 바람과 이

슬을 건디다 눈사람처럼 변해서 새우등 지팡이 하나에 거
울을 기대고 있다.

둥지 밖으로 날아간 새끼들은 계단이 많고 하늘이 안
보이는 허공의 모래집에 묶여 있다. 어두운 타지에서 오
늘도 어제와 똑같은 보이지 않는 끈에 묶여 있다. 서리가
내리는 상강이면 날개 죽지의 왼쪽이 자꾸만 장롱 문 꾀
꼬리 집으로 기울어진다. 아직도 울타리를 지키는 것은
참죽나무와 감나무뿐이다.

—「어머니의 장롱 – 두꺼비가 콩대에 올라 세상이
넓다고 한다」 전문

이 짧지 않은 시편에는, 어머니와 아버지를 근원적으
로 기억하는 화자의 언어가 아름다운 문양紋樣으로 담겨
있다. 아마도 강응순 시인은 이 시편을 쓰기 위해 시인이
되었을지도 모르겠다. 그만큼 이 시편은 구체적이고 서사
적인 채로, 시인의 기원을 선명하게 증언한다.

이 작품에 드러나 있는 서사의 줄기는, 열아홉에 시집
오신 어머니와 그때 한 살 아래 농업학교 학생이셨던 아
버지에 관련한 것이다. 외할아버지가 짜주신 어머니의 혼
수품 오동나무 장롱은, 화자의 가족사를 비유적으로 드
러내는 상관물이다. 마찬가지로 거기 새겨진 '노란 꾀꼬

리 한 쌍'은 어머니와 아버지를 상징한다. 아버지가 공부하시느라 집을 떠나계시는 동안, 어머니는 "장롱 문의 꾀꼬리"만 바라보셨을 것이다. 아버지는 졸업 후 취직하셔서 새끼들에게 먹이를 물어다주시었다. 이때 아버지와 화자 형제들은 '새'로 은유적 전이를 이룬다. 그래서 "날개가 돋기 시작한 새끼들"이 장롱 위의 네모난 상자를 궁금해 하다가 훌쩍 날아가 버렸다는 것, 그리고 그 새끼들이 떠난 후 '꾀꼬리'는 지팡이 하나에 겨울을 기대고 있다는 것이 잇따라 그려진다. 이렇게 부모님의 노경老境과 그 품을 떠난 형제들의 모습을 부조浮彫한 작품이 이 시편이다. 급기야 둥지 밖으로 날아간 새끼들은 허공의 모래집인 아파트에 살고, 상강霜降이 되면 날개 왼쪽이 장롱 문 꾀꼬리 집으로 기울어진다고 화자는 노래한다. 수구초심首丘初心의 고백이 아닐 수 없다. 아직도 울타리를 지키는 참죽나무와 감나무는 그야말로 고향을 지키는 자신의 기원, 곧 부모님의 젊은 날을 탯줄처럼 묻고 있는 존재들이 아니겠는가.

  그렇게 강웅순 시인의 기억 속에는 '아버지'와 '어머니'와 '누이'와 '아내'와 '딸'이 들어 있다. 거기에 "마음마저 배고프던 유년 시절/학교에서 공부마치고 돌아오면/빈속을 채워주던 식은 보리밥"(「보리밥」)이 있고, "휠체어의 은빛 순간이/씀바귀 같은 손등의 힘줄이/낚시용 장갑에 묻어서/낡은 주인을 기다리고"(「낚시용 장갑」) 있는 빈 집도 있다. "아버지의 가을이 느리게 익는"(「처서處暑」) 저녁처럼, 시인의 기억은 '가족' 의 지난 시간을 오롯하게 향하고 있는 것이다.

닭들이 홰를 치는 새벽
아랫목 이불 속에서 바라보던
아버지가 지방을 쓰시던 모습
어제 저녁 쓸어 놓은 빈 마당이
하얀 가래떡처럼 환해지면
할아버지의 풀 먹인 두루마기는
옷자락이 무릎까지 사각거린다
노란 지단과 고명 떡국이 놓이면
향불 같은 맑은 술을 올린다
눈짓과 몸짓으로 따르는 차례상
'철상撤床하라' 는
할아버지의 말씀 끝에
안방 건넌방 사랑방 두레상
떡국 한 그릇에 한 살씩 먹는다
나이 먹는 일에 게으를 수 없어

벌써 한 그릇 비워가는 어린 손자들
올해는 처음으로 나의 띠가 되는 해
내 언제 저렇게 하얗게 나이를 먹나

─「설날 아침에」전문

　설날 아침에 한 살 나이를 먹는 제의ritual를 치르는 어린아이의 모습을 이렇게 환하게 그린 시편도 드물 것이다. 마치 백석 초기 시편을 연상케 하는 어린 시절의 생생한 재현이다. 어린 아이는 아직 새벽이어서 아랫목 이불 속에서 아버지가 지방 쓰시는 모습을 바라볼 뿐이다. 이때 마당이 "하얀 가래떡처럼" 환해진다는 표현은, 설날 아침에 대한 물씬한 실감을 전해준다. 할아버지의 두루마기 옷자락이 사각거리면서 차례는 '지단'과 '떡국'과 '술'을 올리며 진행된다. 할아버지의 '철상撤床' 명령이 떨어지면, 그때서야 아이들은 안방 건넌방 사랑방 두레상에서 떡국 한 그릇과 함께 한 살씩 더 먹는다. 아이들은 나이 먹는 일에 게으를 수 없어 떡국을 열심히 먹는다. "올해는 처음으로 나의 띠가 되는 해" 그러니까 열세 살쯤 되었겠다, 이 어린아이는 "내 언제 저렇게 하얗게 나이를 먹나" 하면서 성장 충동을 가득 느낀다. 하지만 그 어린아이는 이제 어느덧 성년이 되어, 이 축제와도 같던

가래떡과 떡국의 풍경, 할아버지 두루마기와 한 살 더 먹고 싶어하던 기억을 생동감 있게 담아낸 시인이 되지 않았는가.

말할 것도 없이 모든 기억은, 과거적 삶에 대한 사실적 재현이 아니라, 현재 시인의 시선에 의해 선택되고 배제되고 재구성되는 어떤 것이다. 그 점에서, 시인이 선택하고 배치하는 기억은 현재의 시인이 갈망하는 삶의 형식을 고스란히 담고 있게 마련이다. 강웅순 시인이 회상하고 재현해내는 기억 역시, 지금 자신이 잃어버리고 살아가는 원형적이고 아름다운 것들에 대한 그리움에서 발원되는 것일 터이다. 우리가 읽은 시편들이 그 구체적인 사례들이다.

4.

모든 시인들은 자신이 살아온 시간들을 되새기고, 나아가 그 시간에 대해 자신만의 고유한 의미를 부여한다. 그 시간이 남긴 무늬야말로 시인의 직접적인 생의 형식이고, 시가 내장하고 있는 가장 중요한 내질內質이 되기 때문이다. 그 점에서 모든 서정시는 일종의 '시간 예술'이 아닐 수 없는데, 강웅순 시편들은 이러한 의미에서의 전형적인 시간 예술로서의 속성을 보여준다. 아닌 게 아니라 시인 자신도 "시간도 익으면 휘는 것"(「가을의 속도」)
이라는 발견과 성숙의 시간관觀을 시집 곳곳에서 보이고
있지 않은가. 이처럼 이번 시집은, 시간이 지나면서 시인
스스로 발견해가고 성숙해가는 과정을 담고 있는데, 그
가운데 다음 시편은 단연 빛나는 순간을 보여준다.

5층 3학년 교실에서 십 년간 수업하다가
계단을 오르내리는 것이 힘에 부쳐서
삐걱거리는 무릎과 허리를 견디지 못하고
1층에서 새내기들에게 국어를 가르친다
높은 곳에서 더 높은 곳을 바라보며
답안 찾는 요령만 진하게 가르친 시간이
낮은 곳, 입술 아래 가슴으로 내려오니
보이지 않던 교정의 꽃과 나무들이
내 마음에 내려와 작은 자리를 잡는다
솜다리 까치다리 애기똥풀 금강초롱
석류나무 배롱나무 자귀나무 매실나무
밤새들의 울음처럼 안 보이던 한쪽이
참나무의 여린 잎으로 연해지고 있다

—「5층에서 1층으로」 전문

교사로서의 경험이 실감 있게 그려진 이 시편은, 마치 5층에서 1층으로 내려온 것이 자신의 삶이 그런 것처럼 상상하는 내용을 닮고 있다. 화자는 5층에서 고3 학생들을 가르치다가 힘에 부치고 몸도 아파 1층으로 내려와 새내기들을 가르치기 시작한다. 그런데 5층에서 1층으로 내려오니 "높은 곳에서 더 높은 곳을 바라보며/답안 찾는 요령"이나 가르치던 자신이 드디어 낮은 곳으로 내려와 "보이지 않던 교정의 꽃과 나무들"을 발견하는 게 아닌가. 이러한 과정은 '고3/새내기'처럼 맹목盲目과 발견의 대조 과정을 선연하게 보여준다. 그래서 "솜다리 까치다리 애기똥풀 금강초롱/석류나무 배롱나무 자귀나무 매실나무"로 이어지는 사물들은, 5층에서의 맹목을 지나 1층에서 발견된 것들이다. 화자는 "밤새들의 울음처럼 안 보이던 한쪽"을 바라본 것이다. 입시 중심의 교육을 날카롭게 비판하는 목소리를 그 안에 품으면서도, 진정한 교육자라면 자신 스스로 사물들의 고유한 이름들과 풍경들을 발견하는 기쁨 속에 존재해야 한다는 사실을 화자는 '국어교사'로서의 진한 정체성 속에 담아내고 있다. 이러한 교사로서의 경험적 실감은 "새싹들에게 국어를 가르친 몇 십 년/나도 할 만큼 해본 해바라기였나?"(「해바라기 - 황용현 선생님」) 같은 존재론적 성찰에도 담겨 있다. 그

런가 하면 '모더니즘 까치' 라는 특이한 제목을 가진 다음
시편은, 시인의 훈훈한 관찰과 애정이 묻어나는 구체적
실례이다.

옥상 철탑에 집을 지은
모더니즘 까치 한 마리
안테나에 얹은 발가락이
꽃불처럼 빨갛게 물든 채
반쯤 감은 눈이 응시하는 하오

며칠째 내린 비가 그치고,
빗물 고인 웅덩이를
가뭇없이 떠가는 구름
야트막한 언덕의 소나무에
솜털을 달고 올라온 솔순
울타리 너머 싱싱한 파밭엔
팔랑팔랑 춤추는 명주나비
홀로, 떨고 있는 꿈의 흔적

부푼 몸이 무거운 듯
깃털을 털고

사람 없는 빈터에

날빛으로

내려앉는다

—「모더니즘 까치 - 이영섭 시인」 전문

	옥상 철탑에 집을 짓고 발가락은 꽃불처럼 빨갛게 물든 채 반쯤 감은 눈으로 무언가를 응시하는 까치의 모습에서, 화자는 '모더니즘' 이라는 첨단의 지향과 '까치' 라는 전통적이고 오래된 존재와의 낯선 결합을 시도한다. 그 주위에는 며칠째 내린 비가 그쳐 빗물이 고여 있는 웅덩이가 있고, 그 위를 떠가는 구름이 있고, 낮은 언덕과 소나무의 솔순과 파밭을 날아가는 명주나비가 있다. 그 순간 화자는 이렇게 밝은 날 하오의 풍경에서 "홀로, 떨고 있는 꿈의 흔적"을 느낀다. 까치 또한 "부푼 몸이 무거운 듯/깃털을 털고/사람 없는 빈터에/날빛으로/내려앉는"데, 이는 이상과 현실, 우주의 화음과 고독한 목소리를 한 몸으로 안고 있는 고독한 시인의 모습 그 자체이기도 하다. 이러한 고독하면서도 복합적인 모습을 화자는 '모더니즘 까치' 라는 명명에 얹어서, 가장 가까운 한 시인에게 정성스레 헌사하고 있는 것이다.

	이러한 정성스런 기억들은 "원양어업보다는/먼 바다

고기잡이를/모국어로/보여준/수선화”(「맑은 시인을 위
하여 - 이광웅 선생님」) 같은 표현이나 “삶이 노래이고,
노래가 삶인 소리꾼”(「조용필」) 같은 표현에서도 만나볼
수 있다. 물론 이러한 비유적 명명들은 정작 자기 자신을
향한 것이다. 아니 그러한 속성을 열망하는 자신의 소망
을 투사한 결과일 것이다. 그만큼 강웅순 시인 스스로가
‘모국어’ 의 위의威儀와 ‘삶이 노래’ 인 지경地境을 보여주
지 않는가.

5.

　강웅순 시편의 목소리는 한결같이 세계내적 존재로서
가지는 슬픔 같은 것에 초점이 맞추어져 있다. 하지만 그
러한 슬픔을 그는 우울한 비관주의로 노래하지 않는다.
오히려 그는 그것을 궁극적 자기 긍정으로 전화轉化하는
내적 계기들을 풍부하게 만들어놓는다. 예컨대 그것은,
사물들에 대한 외경畏敬과 생의 보편적 형식에 대한 믿음
을 통해 만들어진다. 그래서 그의 시편들은 오솔길에 피
어 있는 꽃 한 송이에 대한 미적 동경에서 발원하기도 하
고, ‘보석’ 으로 존재를 바꿀 순수성과 힘을 간직한 역설
의 사물로 존재하기도 한다. 그 미적 동경과 보석을 만들
어내는 것은, 그의 시편들에 편재遍在해 있는, 그리움에

감싸인 근원적 기억들이다.

서정시는 '시간' 자체를 다루는 언어예술이다. 우리가 살핀 강웅순 시편들은 이러한 시간에 대한 경험으로서의 근원적 기억들을 노래한 세계이다. 앞에서도 암시하였지만, 그의 시는 저 충청도 '눈물의 시인' 박용래를 많이 닮았다. 서정과 비애의 단단한 결속이 그 안에 있기 때문이다. 그리고 가장 치열하게 살다가 삶을 마감한 이광웅 시인의 흔적도 많이 보인다. 백석의 어법과 미당의 상상력에 연원을 대고 있기도 하다. 하지만 더 중요한 것은, 그의 시편이 어느 것을 인용해도 좋을 만큼 양질의 균질성을 가지고 있다는 점일 것이다. 이 점은 여러 번 언급해도 좋을 그의 시적 자산이다. 이제 그 세계를 우리가 만나러 가고 있다.